J. HETZEL
18, rue Jacob.

# ALBUMS STAHL

J. HETZEL
18, rue Jacob.

*Bibliothèque illustrée de Mlle Lili et de son cousin Lucien.*

## ALBUMS EN 3, 7, 8, 9 & 12 COULEURS.

| | Cart. | Rel. |
|---|---|---|
| *LA BOULANGÈRE A DES ÉCUS. Album de 8 planches par P.-J. STAHL, dessins par FRŒLICH | 1f 50c | 3f »c |
| *LE CIRQUE A LA MAISON. Album de 8 planches par P.-J. STAHL, dessins par FRŒLICH. | 1 50 | 3 » |
| IL ÉTAIT UNE BERGÈRE. Album de 8 planches par P.-J. STAHL, dessins par FRŒLICH. | 1 50 | 3 » |
| CADET ROUSSEL. Album de 8 planches par P.-J. STAHL, dessins par FRŒLICH. | 1 50 | 3 » |
| AU CLAIR DE LA LUNE. Album de 8 planches par P.-J. STAHL, dessins par FRŒLICH. | 1 50 | 3 » |
| LE MOULIN A PAROLES. Album de 8 planches par P.-J. STAHL, dessins par FRŒLICH | 1 50 | 3 » |
| HECTOR LE FANFARON. Album de 8 planches par P.-J. STAHL, dessins par FRŒLICH | 1 50 | 3 » |
| MONSIEUR CÉSAR. Album de 12 planches par P.-J. STAHL, dessins par FRŒLICH. | 1 50 | 3 » |
| JEAN LE HARGNEUX. Album de 16 planches par P.-J. STAHL, dessins par FRŒLICH | 2 » | 3 50 |
| HISTOIRE D'UN AQUARIUM ET DE SES HABITANTS, par ERNEST VAN BRUYSSEL, dessins imprimés en 12 couleurs | 5 » | 7 50 |

## ALBUMS STAHL — DESSINS PAR DIVERS.

PREMIER ET SECOND AGE — JEUNES FILLES — JEUNES GARÇONS.

| | Cart. | Rel. |
|---|---|---|
| ALPHABET DE Mlle LILI. Album de 30 dessins par FRŒLICH | 3f » | 5f »c |
| L'ARITHMÉTIQUE DE Mlle LILI. Album de 38 dessins par FRŒLICH | 3 » | 5 » |
| LA JOURNÉE DE Mlle LILI, par P.-J. STAHL, dessins par FRŒLICH | 3 » | 5 » |
| Mlle LILI A LA CAMPAGNE, par P.-J. STAHL, dessins par FRŒLICH | 3 » | 5 » |
| LES PREMIÈRES ARMES DE Mlle LILI, par P.-J. STAHL, dessins par FRŒLICH. | 3 » | 5 » |
| *LE PREMIER CHEVAL ET LA PREMIÈRE VOITURE, par P.-J. STAHL, dessins par FRŒLICH | 3 » | 5 » |
| *LES MÉFAITS DE POLICHINELLE, par P.-J. STAHL, dessins par G. FATH | 3 » | 5 » |
| *LES CAPRICES DE MANETTE, par le Mis DE CHENEVIÈRE, dessins par FRŒLICH. | 3 » | 5 » |
| BONSOIR PETIT PÈRE, par P.-J. STAHL, dessins par FRŒLICH | 3 » | 5 » |
| LES COMMANDEMENTS DU GRAND-PAPA, par P.-J. STAHL, dessins par FRŒLICH. | 3 » | 5 » |
| LE PETIT TYRAN, par P.-J. STAHL, dessins par A. MARIE | 3 » | 5 » |
| MONSIEUR TOC-TOC, par P.-J. STAHL, dessins par FRŒLICH | 3 » | 5 » |
| LES BONNES IDÉES DE Mlle ROSE, par P.-J. STAHL, dessins par DETAILLE | 3 » | 5 » |
| LA BOITE AU LAIT, par P.-J. STAHL, dessins par FROMENT | 3 » | 5 » |
| HISTOIRE D'UN PAIN ROND, par P.-J. STAHL, dessins par FROMENT | 3 » | 5 » |
| L'OURS DE SIBÉRIE, par P.-J. STAHL, dessins par FRŒLICH | 3 » | 5 » |
| CAPORAL, LE CHIEN DU RÉGIMENT, par P.-J. STAHL, dessins par LANÇON | 3 » | 5 » |
| HISTOIRE D'UNE MÈRE ET DE SES ENFANTS, JOURNAL DE MINETTE, par P.-J. STAHL, dessins par COINCHON. | 3 » | 5 » |
| PIERROT A L'ÉCOLE, par P.-J. STAHL, dessins par G. FATH | 3 » | 5 » |
| LES PETITES AMIES, par P.-J. STAHL, dessins par O. PLETSCH | 3 » | 5 » |
| L'HISTOIRE DU GRAND ROI COCOMBRINOS, silhouettes enfantines par MICK NOËL. | 3 » | 5 » |
| VOYAGE DE Mlle LILI AUTOUR DU MONDE, par P.-J. STAHL, dessins par FRŒLICH. | 5 » | 7 50 |
| VOYAGE ET DÉCOUVERTES DE Mlle LILI, par P.-J. STAHL, dessins par FRŒLICH. | 5 » | 7 50 |
| *LA CHASSE AU VOLANT, par P.-J. STAHL, dessins par FROMENT | 5 » | 7 50 |
| MADEMOISELLE MOUVETTE, par P.-J. STAHL, dessins par FRŒLICH | 5 » | 7 50 |
| LA RÉVOLTE PUNIE, par P.-J. STAHL, dessins par FRŒLICH | 5 » | 7 50 |
| LE PREMIER LIVRE DES PETITS ENFANTS, par STAHL, des. par TH. SCHULER. | 5 » | 7 50 |
| AVENTURES SURPRENANTES DE TROIS VIEUX MARINS, par P.-J. STAHL, dessins par ERNEST GRISET | 5 » | 7 50 |
| LA BELLE PETITE PRINCESSE ILSÉE, conte allemand, par P.-J. STAHL, dessins par FROMENT | 5 » | 7 50 |
| LE ROYAUME DES GOURMANDS, par P.-J. STAHL, dessins par FRŒLICH. | 5 » | 7 50 |
| HECTOR LE FANFARON, par P.-J. STAHL, dessins par FRŒLICH | 1 » | 2 50 |
| JEAN LE HARGNEUX, par P.-J. STAHL, dessins par FRŒLICH. | 1 » | 2 50 |
| ZOÉ LA VANITEUSE, par P.-J. STAHL, dessins par FRŒLICH | 1 » | 2 50 |
| MADEMOISELLE PIMBÈCHE, par P.-J. STAHL, dessins par FRŒLICH | 2 » | 3 50 |
| LE ROI DES MARMOTTES, par P.-J. STAHL, dessins par FRŒLICH | 2 » | 3 50 |

### JOURNAL DE TOUTE LA FAMILLE

## MAGASIN ILLUSTRÉ D'ÉDUCATION ET DE RÉCRÉATION

PUBLIÉ SOUS LA DIRECTION DE JEAN MACÉ, P.-J. STAHL ET JULES VERNE

avec le concours de nos plus éminents écrivains, savants et artistes

Seul recueil pour la jeunesse

***COURONNÉ PAR L'ACADÉMIE FRANÇAISE.***

Ont déjà paru **20** beaux vol. gr. in-8o jésus, contenant **30** grands ouvrages, **400** contes et articles divers, et environ **2,600** gravures de nos meilleurs artistes. Ces **20** vol. forment à eux seuls une bibliothèque de la famille.

*Prix de chaque volume séparé, broché :* **7** fr.; *cartonné toile tranche dorée :* **10** fr.; *relié tranche dorée :* **12** fr.

La collection complète, **20** vol. : brochés, **140** fr.; cart. toile tranche dorée, **200** fr.; reliés tr. dorée, **240** fr. (pour la collection complète, des termes de paiement peuvent être accordés).

**Abonnement à l'année : Paris, 14 fr.; Départements, 16 fr.; Étranger, port en sus.**

*Un numéro le 1er et le 15 de chaque mois. Prix : 60 cent.*

*Les abonnements partent du 1er janvier et du 1er juillet de chaque année.*

Strasbourg, typographie de G. Fischbach, succr de G. Silbermann. — 1867.

6

# LA CHASSE AU VOLANT

TEXTE

PAR P.-J. STAHL

VIGNETTES PAR FROMENT

BIBLIOTHÈQUE
D'ÉDUCATION ET DE RÉCRÉATION
J. HETZEL & Cie, 18, RUE JACOB
PARIS

LA

# CHASSE AU VOLANT

# LA CHASSE AU VOLANT

TEXTE

PAR P.-J. STAHL

VIGNETTES PAR FROMENT

BIBLIOTHÈQUE
D'ÉDUCATION ET DE RÉCRÉATION
J. HETZEL & Cie, 18, RUE JACOB
PARIS

---

STRASBOURG, TYPOGRAPHIE DE G. FISCHBACH, SUCC$^{r}$ DE G. SILBERMANN. — 1867.

# I

Voilà un volant qui n'est pas venu là tout seul.
J'entends la voix du petit Michel de l'autre côté du mur.

II

Je m'en doutais : c'est le volant de Michel.

III

Michel a été obligé de grimper jusqu'au haut du mur pour le ravoir. Peut être qu'en allongeant bien sa raquette il y parviendra.

## IV

Il est bien venu à bout de toucher le volant, mais au lieu de le ramener, il me semble qu'il l'a éloigné. Il en est plus loin que tout à l'heure, et sa raquette a failli lui échapper...

# V

Je ne vois plus le volant, mais je vois très-bien que Monsieur Michel se dispose à enjamber le mur. Il est très-désobéissant. Il s'expose beaucoup ce petit Michel-là. Cela m'étonne qu'il ose faire une chose si dangereuse et si défendue.

VI

Il y a de l'autre côté une petite voix qui lui crie : « L'as-tu, monte encore davantage ! » Est-ce que ce serait la petite sœur de Michel qui lui donnerait ce vilain conseil-là. — C'est facile de dire « monte encore » — mais quand on est monté c'est très-haut ! Michel le voit bien, et si l'on tombait...

Qu'est-ce qu'il va faire ?

## VII

Le voilà couché tout de son long sur le mur. C'est bien imprudent. Il allonge le bras, il touche presque le volant. — Il est très-rond Monsieur Michel, s'il allait rouler — rouler jusqu'en bas. — Je ne peux pas y penser !

## VIII

Le doigt de Michel a touché le volant. Mais il a fait un petit peu de vent et le volant a été s'accrocher dans la branche de l'arbre qui est au pied du mur. — Comment faire? Michel est bien embarrassé. Il a dit à sa sœur: « Je l'aurai. — » Elle lui crie encore: « le tiens-tu? » Il n'ose pas lui dire qu'il ne le tient pas du tout, du tout.

## IX

C'est terrible ce que Monsieur Michel entreprend là. Si le poids de sa tête allait l'emporter et s'il allait perdre l'équilibre...

Si j'étais de l'autre côté du mur, je ferais joliment taire Mademoiselle Marguerite, par exemple. Elle ne sait donc pas à quoi elle expose son frère en lui criant toujours : « prends-le donc »

## X

Michel n'est pas tombé, mais le malheureux volant est descendu de la première branche sur la seconde. Il est encore bien plus difficile à atteindre. Si Michel était raisonnable, et si Mademoiselle Marguerite consentait à le laisser tranquille, je lui conseillerais de renoncer à son volant ou d'aller chercher une grande personne pour l'aider à le ravoir.

## XI

Michel a senti qu'en laissant pendre ses jambes de l'autre côté, il aurait un meilleur équilibre, et pourrait allonger le bras davantage et avec moins de danger.

Il le tenait presque, il le tenait tout à fait, qu'est-il devenu? Comment se fait-il qu'il lui ait glissé ainsi dans la main; il ne le voit plus du tout.

## XII

Ah — en écartant les branches, il l'aperçoit. Le volant s'est arrêté à la bifurcation de deux grosses branches — mais c'est bien trop bas — beaucoup trop bas — c'est fini, il faut y renoncer — mais comment renoncer à un volant qu'on voit si bien encore?

# XIII

Michel réfléchit beaucoup. Je vois qu'il fait des calculs et qu'il combine...

Il se demande s'il ne serait peut-être pas possible de descendre dans l'arbre en posant avec bien du soin son pied ici, et puis là sur l'autre branche. En se tenant par une main à la branche, peut-être bien qu'avec l'autre on pourrait....

# XIV

C'est cela. Michel a une idée. Il se retourne, il explique à Marguerite qu'il va descendre dans l'arbre et qu'il finira par lui ravoir son volant. —

On lui répond — mais quoi? Ce n'est pas facile d'entendre. Je vais faire un détour et aller voir de l'autre côté du mur.

XV

Je me disais bien que Michel n'avait pas pu monter tout seul sur le mur. C'est parce qu'il y avait une échelle toute dressée au bas qu'il a pu y grimper. La petite Marguerite est au pied de l'échelle — elle a le pied dans le premier échelon pour qu'elle ne glisse pas. —

Non, non, lui dit-elle, tant pis pour mon volant, redescends, j'ai trop peur —

Mais Monsieur Michel est très-animé, il ne veut rien entendre....

# XVI

Quant à moi je commence seulement à me rendre compte de toute l'affaire, et je vais vous dire comment tout s'est passé du côté du mur où nous n'étions pas — et avant tout ce que nous avons vu jusqu'ici de cette histoire. Ça n'est pas aussi facile à raconter que les autres histoires, celles qui se passent en même temps des deux côtés d'un mur — tout ne peut pas se voir ni se dire à la fois.

Michel et Marguerite jouaient au volant. Seulement Monsieur Michel, pour taquiner Marguerite, jouait beaucoup trop fort.

XVII

D'abord le volant n'avait été que dans un arbre et du même côté, de sorte qu'en montant seulement deux échelons, Michel avait pu le rattraper. —

Monsieur Michel ayant trouvé cela très-amusant — avait recommencé à lancer trop fort le volant à Marguerite.

XVIII

Mais cette fois le volant avait disparu — où était-il ?

Michel avait beau regarder, Marguerite avait beau regarder,

L'un avait beau dire à l'autre : le vois-tu ? Ni l'un ni l'autre ne voyaient rien.

## XIX

C'est Marguerite qui la première avait cru apercevoir une plume de son volant sur le mur.

C'est vrai, dit Michel, je la vois aussi. — Si ce n'est que ça je ne serai pas embarrassé avec l'échelle du jardinier. Je ne tarderai pas à le reprendre.

Il ne doute de rien Monsieur Michel.

## XX

Maman nous a défendu de monter à l'échelle, disait Marguerite. — Maman ne nous verra pas, avait répondu maître Michel; tu sais bien qu'elle est occupée à surveiller les confitures que Catherine fait à la cuisine.

# XXI

Fais attention, lui avait dit Marguerite: ce sera très-difficile —

Pour toi, avait répondu Monsieur Michel, parce que tu es trop petite, mais pas pour moi!!

# XXII

Mais, avait dit Marguerite, c'est mal de désobéir, même quand on ne peut pas être vu. D'ailleurs le père Rateau est là dans le potager — Il te verra lui.

— S'il se retourne, tu feras psitt, tu me préviendras — ça ne sera pas long.

## XXIII

Marguerite est en faction.

Arrivé au haut de l'échelle, Michel avait tâché d'atteindre le volant sans quitter l'échelle — mais c'était trop loin.

## XXIV

Il était monté à califourchon sur le mur et c'est alors que nous l'avions aperçu. Maintenant nous savons l'histoire avec son commencement.

# XXV

Et nous retrouvons Michel sur le mur après qu'il a dit à Marguerite qu'il allait descendre dans l'arbre du voisin. — Il regarde s'il n'y a personne dans le jardin. — Il sait bien Monsieur Michel qu'on n'a pas le droit d'aller chez les personnes par-dessus les murs — il n'y a que les voleurs qui font ces choses-là. Aussi il hésite, et si son amour-propre n'était pas engagé, peut-être bien qu'il reculerait.

XXVI

Malheureusement il est plus entêté et plus orgueilleux que sage Monsieur Michel, il ne veut pas que Marguerite croie qu'il a peur ou que quelque chose lui est impossible; il tâte les branches qui sont à sa portée, il les essaie. —

Il veut bien être hardi, mais ce n'est pas avoir peur que d'être prudent.

XXVII

Cette branche-là pourrait bien être assez forte.

## XXVIII

Il essaie d'y poser le pied. Elle a l'air de résister, elle est solide, elle peut le porter.

## XXIX

Michel est debout dans l'arbre, le volant est à la portée de sa main. Il n'a plus qu'à se baisser un peu, tout le difficile est fait.

# XXX

Mais son mouvement a fait plier subitement les branches, le pied lui a glissé.

## XXXI

La branche a cassé. Michel tombe. Les branches auxquelles il se retient se brisent dans sa main. — Il ne tient plus à rien.

Marguerite l'attend toujours sans doute au pied de l'échelle de l'autre côté.

## XXXII

Oui ! Elle est inquiète, elle écoute si elle entend Michel et regarde si personne ne vient. — Le père Rateau ne s'est pas retourné.

# XXXIII

Elle croit bien qu'elle a entendu du bruit, quelque chose comme si on cassait des branches. Mais non, c'est le vent. C'est peut-être un oiseau, ou un bruit venu de plus loin.

## XXXIV

Cependant si c'était Michel. Elle l'appelle: Michel! Michel!

Il ne répond pas.

## XXXV

Elle appelle de nouveau.

Mais elle ne reçoit pas de réponse. Cependant bien sûr elle a entendu et elle entend encore quelque chose, qu'est-ce que cela peut être?

## XXXVI

De toutes ses forces elle crie encore : Michel ! Michel ! Michel ! Michel !

Rien. Michel cependant devrait l'entendre.

## XXXVII

Elle est trop tourmentée, elle va monter elle-même à l'échelle, elle va voir, il faut bien qu'elle sache ce que devient son Michel.

XXXVIII

Elle arrive au haut du mur. Grand Dieu, c'est horrible !

XXXIX

Michel est suspendu par sa blouse à une branche. — Au-dessous deux chiens, gardiens du jardin, aboient et sautent comme s'ils allaient le dévorer.

Si la branche cassait...

XL

Marguerite épouvantée s'est mise en devoir de redescendre bien vite. Elle va aller chercher sa maman, tout lui dire. Il faut sauver Michel.

Mais c'est bien difficile de redescendre, elle ne voit pas les barreaux.

## XLI

Elle se retourne. C'est plus effrayant, plus difficile encore. C'est égal elle veut descendre, elle descendra, c'est pour Michel, il ne faut pas avoir peur.

pourquoi a-t-il désobéi ?

C'est terrible, les échelons sont à une trop grande distance, ses petites jambes ne sont pas assez longues.

XLIII

Le pied a glissé à Marguerite — où est-elle? qu'est-ce qui lui est arrivé? Elle est tombée et elle n'est pas par terre. Elle est restée prise dans les barreaux de l'échelle, c'est encore bien heureux qu'elle ne soit pas passée au travers — elle se retient par les pieds et par les mains. Elle ne peut plus bouger, elle étouffe. Elle crie: maman! maman! et de l'autre côté du mur on entend d'autres cris, plus déchirants encore — ceux de Michel.

XLIV

Ces cris arrivent jusqu'à la cuisine. — Les cuisinières épouvantées ne savent plus ce qu'elles font... Elles laissent tout tomber, le soufflet et l'écumoire dans les confitures et courent prévenir la maman des enfants...

## XLV

Tout déborde, tout fume, le soufflet cuit, les pincettes cuisent...

Je ne voudrais pas manger de ces confitures-là.

XLVI

La maman, le jardinier, les bonnes, le maître du jardin voisin, tout le monde est accouru aux cris de Michel, de Marguerite et des chiens.

On est parvenu à les retirer de la terrible position où de chaque côté du mur ils s'étaient mis.

La leçon a été bonne. Ni l'un ni l'autre ne l'oublieront — et quand on pense que tout cela a failli arriver — pour un volant. Oui Marguerite peut le montrer son volant. Il lui coûte assez cher.

Si vous connaissez des enfants désobéissants, racontez-leur cette histoire.

P.-J. STAHL.

www.ingramcontent.com/pod-product-compliance
Ingram Content Group UK Ltd.
Pitfield, Milton Keynes, MK11 3LW, UK
UKHW012052240726
13965UKWH00003B/1244

9 782013 565219